পদ্মশ্রী প্রাণ

ওয়ার্ল্ড এন্‌সাইক্লোপীডিয়া অফ্‌ কমিক্‌স্‌দ-য়ের এডিটর মরিস হর্ন কার্টুনিস্ট প্রাণকে ন্ত্তওয়ান্ট ডিজনী অফ্‌ ইন্ডিয়াদ আখ্যা দিয়েছেন। ওনার রচিত কমিক্‌স প্রজন্মের-পর-প্রজন্ম ধরে দেশের নবযুবকদের সাথী হয়ে থেকেছে। তারা প্রাণের সৃষ্ট চরিত্র চাচা চৌধুরী, সাবু, শ্রীমতি জী, পিঙ্কী, বিল্লু, রমন ইত্যাদির মনোরঞ্জনের ভরপুর আনন্দ উঠিয়েছে। ওনার ফটও-রও বেশী টাইম্‌স্‌ মার্কেটে বিক্রী হচ্ছে এবং স্ট্রিপ্‌স বেশ কিছু ন্যুজ পেপার্সে প্রকাশিত হচ্ছে। চাচা চৌধুরীর ওপরে তৈরী টি.ভি. সিরীয়াল লাগাতার ঠওও এপিসোড পর্যন্ত এক প্রমুখ টি.ভি.চ্যানেলে দেখানো হয়েছে।

বিশ্বের বেশ কিছু দেশে সফর করা, সখানকার কন্‌ফারেন্সগুলোয় কার্টুন্‌স্‌র ওপরে বক্তব্য প্রদানকারী প্রাণকে লিমকা বুক অফ্‌ ওয়ার্ল্ড রেকর্ড দ্‌ প্‌পীপল অফ্‌ দ্য ইয়ার্দ সম্মানে সম্মানিত করেছে। ঔধ্ট সালে ওনার কমিক বুক – ন্তরমন, হম এক হ্যায়দ-য়র বিমোচন দেশের তৎকালীন প্রধানমন্ত্রী শ্রীমতি ইন্দিরা গান্ধী করেছিলেন।

– প্রকাশক

কিন্তু এবার আমরা এত সুহজে হার মেনে নেব না। পিঙ্কীকে সহজে ট্রফি জিততে দেব না।

আর স্টল না থাকা সত্ত্বেও আমরা সবার থেকে বেশী টাকা কামাব।
পিঙ্কী সুপার আইসক্রীম
বুঝে গেছি। আমাদের সুপার প্ল্যানের ব্যবহার করতে হবে।

বিট্টা! তুমি স্টল লাগাওনি ?

পিঙ্কী সুপার আইসক্রীম
তীখু স্পেশাল পিজ্জা
চম্মু চট্পটা চাউমি
আর এবার আমাদের প্ল্যান নিশ্চয়ই সফল হবে। হা-হা-হা !
বাচ্চাদের দ্বারা আয়োজিত ফান ফেয়ার

না ! আমি তোমাকে সহায়তা করার জন্য নিজে স্টল লাগাইনি। তোমার স্টলে কোন খদ্দের এলে আমি তাকে আইসক্রীম দেব।
ঠিক আছে, বিট্টা !

পিঙ্কী ! এখানে তো দুটো ফ্রীজর রয়েছে... তোমার কোনটা ?
ডান দিকে ফ্রীজরটা আমার আর বাঁ দিকেরটা কোম্পানীর। আচ্ছা, আমি এখুনি আসছি।
পিঙ্কী বলল, ডান দিকের ফ্রীজর ওর। কিন্তু ও আমার সামনে দাঁড়িয়েছিল। তাহলে আমার দিক থেকে ডান দিক ধরব, না ওর দিক থেকে ?
এটাই হবে। এই ফ্রীজরটা খোলাও রয়েছে। এবার আমি এর মধ্যে ঢুকে এর থেকে আইসক্রীম বার করে নিজের ব্যাগে ভরে নিচ্ছ। তারপর প্ল্যান অনুসারে নট্টু আর আমি সেগুলো স্কুলের বাইরে অর্ধেক দামে বেচব।
ঢপ প...!
এটা হচ্ছে কোম্পানীর ফ্রীজর ! ট্রাক খারাপ হয়ে পড়ায় ফ্রীজর এখানে পড়ে রয়েছে। এটাকে লক্ করে কিছু খেয়ে আসি।

বিট্টী কোথায় চলে গেল? ভাগ্য ভালো যে, আমি তাড়াতাড়ি চলে এসেছি। এবার আমি নিশ্চিন্তে খদ্দেরদের আইসক্রীম বিক্রী করতে পারব।

ফান ফেয়ার শুরু হয়ে গেছে। লোকেরা আসতে শুরু করেছে। এবার ভীড় বেশী। মনে হচ্ছে, ভালো বিক্রী হবে।

আমাকে একটা ভ্যানিলা আইসক্রীম দাও।
আমাকে বাটার স্কচ।
আমাকে স্ট্রবেরী!

ওদিকে ফ্রীজারের ভেতরে ...!
উফ! আমি ভুল ফ্রীজারে ঢুকে পড়েছি। কেউ এটাকে লক করে দিয়েছে। এখানে তো প্রচণ্ড ঠাণ্ডা!
আশ্চর্য! বিট্টী এখনও পযন্ত এলো না। প্ল্যান অনুসারে তো আমাদের পিঙ্কীর আইসক্রীম চুরি করে স্কুলের বাইরে সস্তা দামে বেচার কথা ছিল।

4

বাহ্! অত্যন্ত ভালো বিক্রী হয়েছে। সব আইসক্রীম বিক্রী হয়ে গেছে। মনে হচ্ছে, এবারও ট্রফি আমিই পাব।

যে স্টলে সব থেকে বেশী বিক্রী হয়েছে সেটা হচ্ছে পিঙ্কীর সুপার আইসক্রীম স্টল! পিঙ্কী মঞ্চে এসো আর ট্রফি গ্রহণ করো।

ধন্যবাদ!

পিঙ্কী ট্রফি জিতে নিল... কিন্তু বিট্টু কে জানে কোথায় লুকিয়ে বসে রয়েছে!

পিঙ্কী! তুমি বিট্টুকে দেখেছ?

বিট্টুর সাথে আমার দেখা তো হয়েছিল... কিন্তু তারপর কে জানে ও কোথায় চলে গেল।

ফ্রীজরের ভেতরে...!
এখানে তো প্রচণ্ড ঠাণ্ডা! মনে হচ্ছে, আমিও আইসক্রীম হয়ে যাব।
কাকু! আপনারা এই ফ্রীজর কোথায় নিয়ে যাচ্ছেন ?
কোম্পানীতে।

বিটা! কোথায় তুমি ?
এই নুটুটাও একের নম্বরের হাঁদা! ফ্রীজর খোলাচ্ছ না কেন ?
আমার সব আইসক্রীম বিক্রী হয়ে গেছে। আমাকে এর থেকে একটা আইসক্রীম দেবেন ?
ICE CREAM

নিশ্চয়ই ! তোমার জন্য আমাদের কোম্পানীর অনেক মুনাফা হয়েছে। তুমি অবশ্যই আইসক্রীম পাবে। আমি এখুনি ফ্রীজর খুলছি।

এ্যাঁ, বিটা, তুমি !!!

প্রা ০১
চাচা চৌধুরী
আর
কুম্ভ মেলা
কুম্ভ স্পেশাল
প্রয়াগরাজ 2019
মকর সংক্রান্তি ১৫ জানুয়ারী, ২০১৯
পৌম পূর্ণিমা ২১ জানুয়ারী, ২০১৯
মৌনী অমাবস্যা ০৪ ফেব্রুয়ারী, ২০১৯
বসন্ত পঞ্চমী ১০ ফেব্রুয়ারী, ২০১৯
মাঘ পূর্ণিমা ১৯ ফেব্রুয়ারী, ২০১৯
মহা শিবরাত্রি ০৪ মার্চ ২০১৯

চাচা চৌধুরী আর কুম্ভ মেলা

কুম্ভ মেলায় আসা তীর্থ যাত্রীদের সুবিধার জন্য রাস্তা চওড়া করা হয়েছে আর 19 ব্রীজ আর 06 আণ্ডারপাস বানানো হয়েছে।
শ্রীআচালয়

এবার কুম্ভ মেলার আয়োজন প্রায় 3200 হেক্টর ক্ষেত্রে করা হয়েছে... যেটাকে 20 ভাগে ভাগ করা হয়েছে।

প্রথমে অমর হওয়ার জন্য কুম্ভ কলস প্রাপ্ত করতে দেবতা আর রাক্ষসদের মধ্যে যুদ্ধ হয়েছিল।
অমৃত কলস নিয়ে যাওয়ার সময় ভগবান বিষ্ণুর হাত থেকে কয়েক ফোঁটা অমৃত চারটি স্থানে পড়ে গিয়েছিল।
সেই সব জায়গায় কুম্ভ মেলার আয়োজন করা হয়।

নমস্কার, চাচা চৌধুরী!
চাচাজী! এবার প্রয়াগরাজ কুম্ভ 2019-তে প্রায় 12 কোটি তীর্থযাত্রীদের আসার সম্ভাবনা রয়েছে।

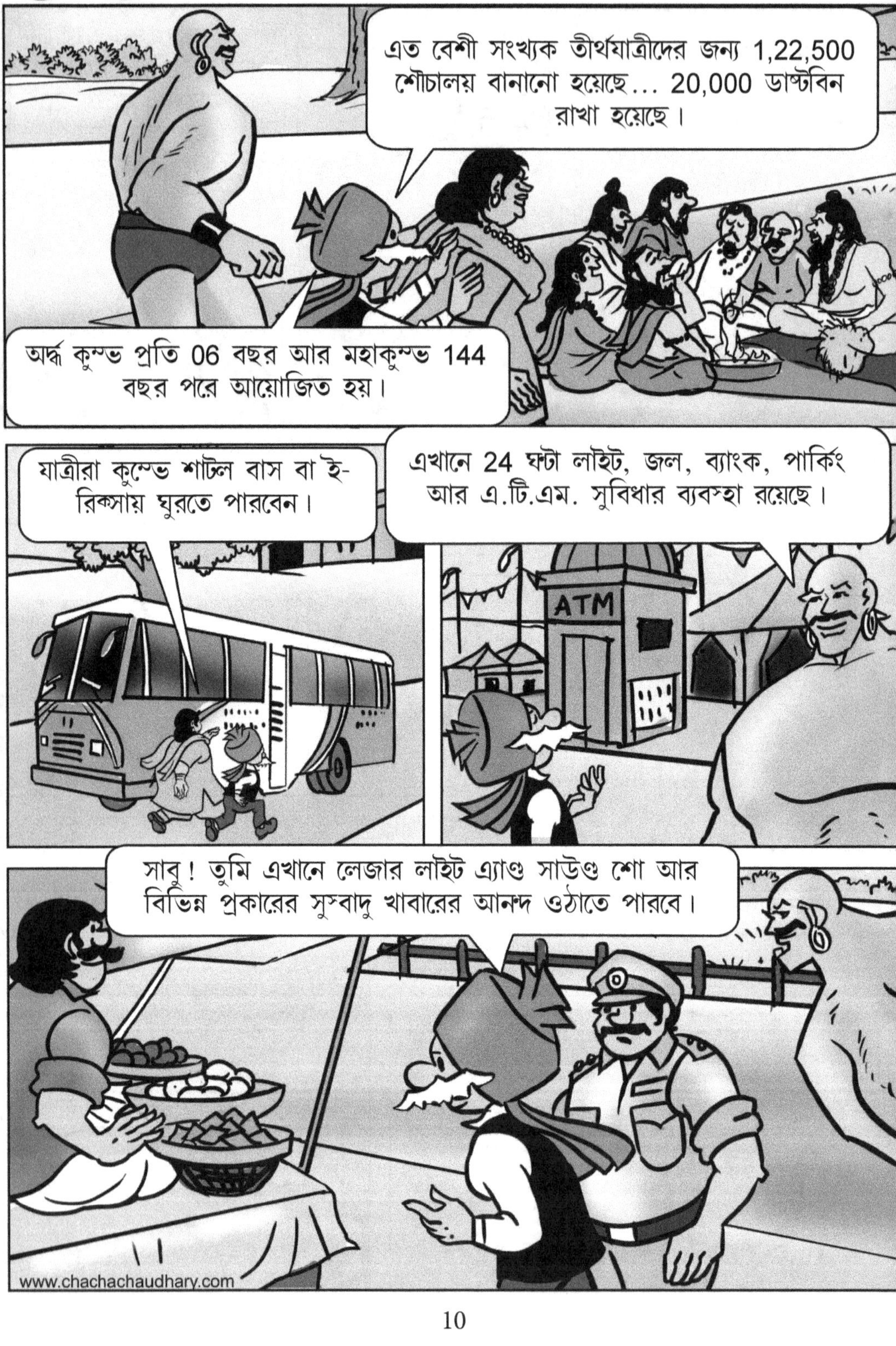

এত বেশী সংখ্যক তীর্থযাত্রীদের জন্য 1,22,500 শৌচালয় বানানো হয়েছে... 20,000 ডাস্টবিন রাখা হয়েছে।

অর্ধ কুম্ভ প্রতি 06 বছর আর মহাকুম্ভ 144 বছর পরে আয়োজিত হয়।

যাত্রীরা কুম্ভে শাট্‌ল বাস বা ই-রিকসায় ঘুরতে পারবেন।

এখানে 24 ঘন্টা লাইট, জল, ব্যাংক, পার্কিং আর এ.টি.এম. সুবিধার ব্যবস্হা রয়েছে।

ATM

সাবু! তুমি এখানে লেজার লাইট এ্যান্ড সাউন্ড শো আর বিভিন্ন প্রকারের সুস্বাদু খাবারের আনন্দ ওঠাতে পারবে।

HOSPITAL
'পেট মাই সিটি প্রোগ্রাম-য়ের অন্তর্গত সকল সরকারী ভবন আর ব্রীজের দেওয়ালে কুম্ভর বিভিন্ন কাহিনীর চিত্র আকা হয়েছে।

ডিজিটাল স্ক্রীন

এটা হচ্ছে আমাদের কন্ট্রোল রুম।

ঐ লোকটাকে জুম্ করে দেখান!

কুম্ভের জন্য উত্তর প্রদেশ সরকার 4200 কোটি টাকা মঞ্জুর করেছেন... যেটা 2013 সালের কুম্ভের থেকে 03 গুণ বেশী

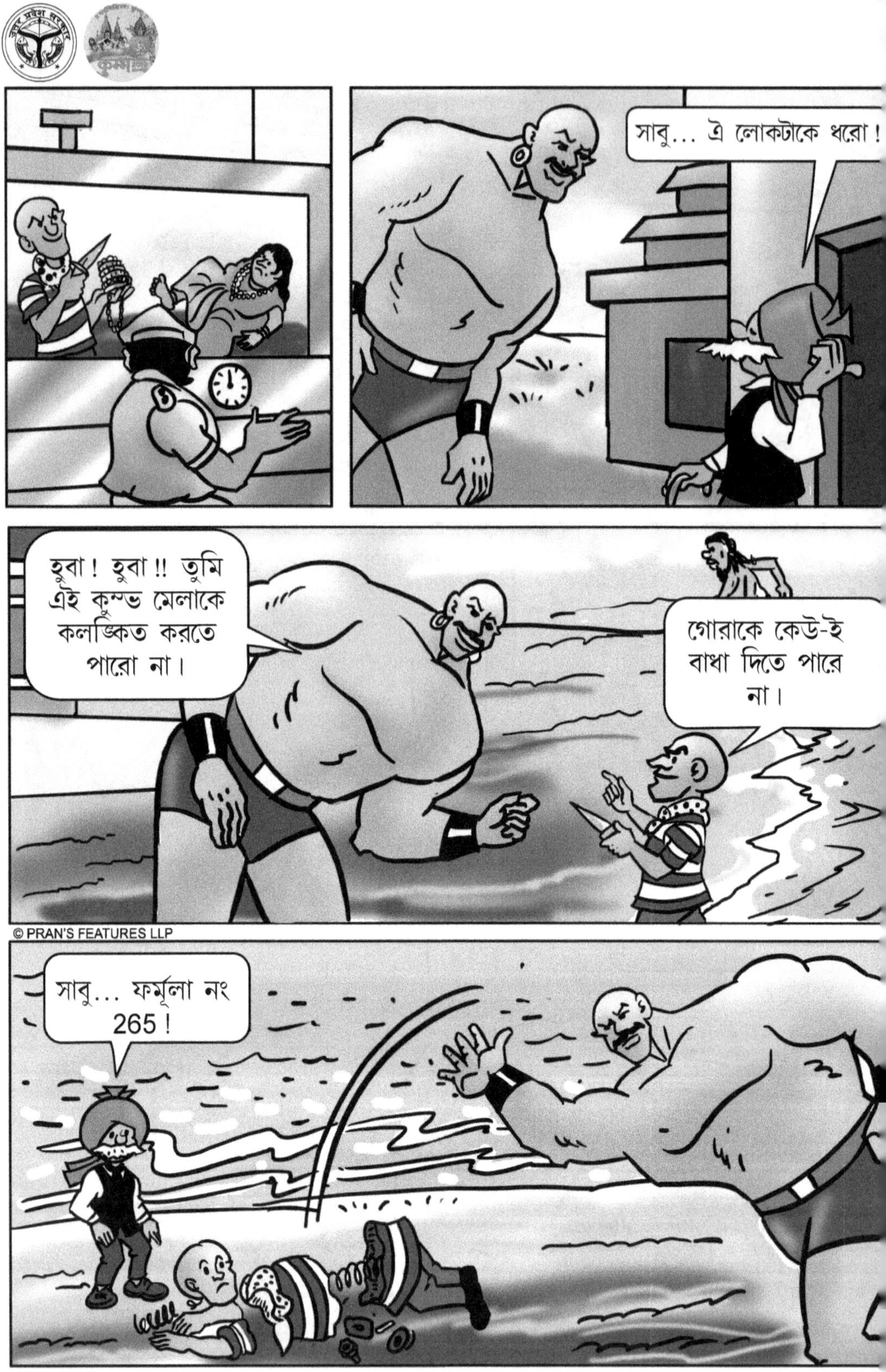

সাবু... ঐ লোকটাকে ধরো !

সাবু... ঐ লোকটাকে ধরো !

হুবা ! হুবা !! তুমি এই কুম্ভ মেলাকে কলঙ্কিত করতে পারো না ।
গোরাকে কেউ-ই বাধা দিতে পারে না ।

সাবু... ফর্মূলা নং 265 !

পরিসংখ্যানে কুম্ভ – 2000 সাল প্রাচীন পরম্পরা, 33 কোটি দেবী-দেবতা, 55 দিন, 14 আখাড়া, 12 কোটি তীর্থযাত্রী, 3200 হেক্টর মেলা ক্ষেত্র, 36 কোটি Meals (ভোজন), 192 দেশ, 30000 হাজারের বেশী মেডিকাল কর্মী, 45000 পুলিশ কর্মী।

ওহো... বাঁচাও !

শের সিং কুম্ভ মেলাকে বদনাম করতে চাইছিল।

একে জেলে পৌঁছে দিতে হবে।

শের সিং এটা ভুলে গিয়েছিল যে, এই বছর কুম্ভ মেলায় কড়া সুরক্ষা ব্যবস্থা করা হয়েছে !

কুম্ভ মেলায় ডাকটিকিট উন্মোচন !

চাচা চৌধুরী
আর
উন্নতির পথে
উত্তর প্রদেশ

নমস্কার, চাচা চৌধুরী !

এই রাজ্যে নতুন মুখ্যমন্ত্রী যোগী আদিত্যনাথ আসার পর থেকে উত্তর প্রদেশ যথেষ্ট উন্নতি করেছে।
আমি এই বাড়ী 'সবকা ঘর হো অপনা' প্রধানমন্ত্রী আবাস যোজনার অন্তর্গত পেয়েছি। এখনও পর্যন্ত 04 লক্ষ আবেদনপত্র মঞ্জুর করা হয়েছে।

প্রায় 2000 সরকারী আর প্রাইভেট হাসপাতালের নির্মাণ করা হয়েছে !

'আয়ুষ্মান ভারত' গোটা বিশ্বের মধ্যে সব থেকে বড় স্বাস্থ্য যোজনা। এর দ্বারা 10 কোটি পরিবার সুরক্ষা-চিকিৎসার লাভ ওঠাতে পারবেন।
এল.এইচ.পি.এস. প্রত্যেক পরিবারকে প্রতি পরিবারকে 05 লক্ষ টাকার বীমা দেবে।

চাচাজী ! এখানে বেশ কিছু কোম্পানী স্হাপিত হয়েছে।

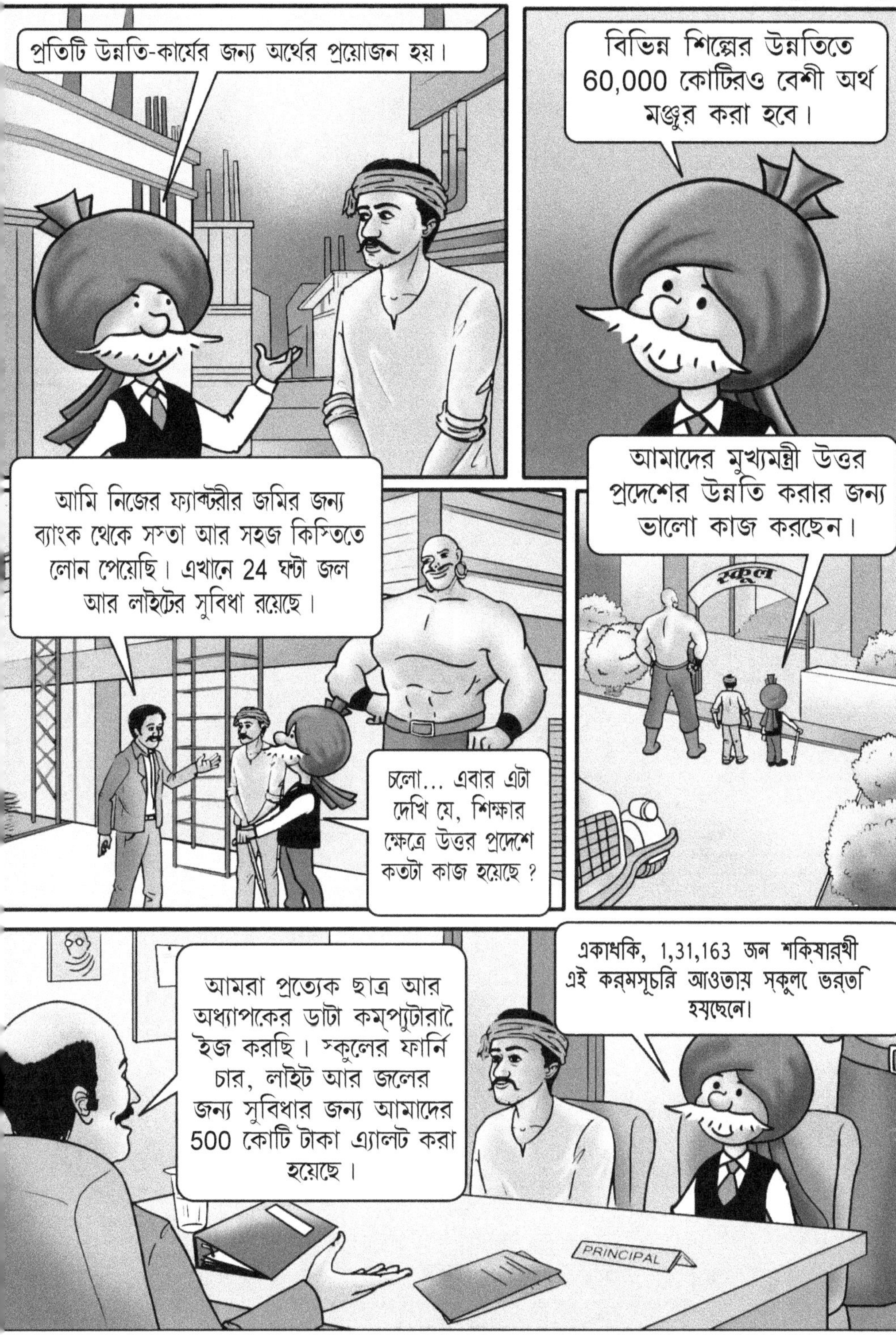

প্রতিটি উন্নতি-কার্যের জন্য অর্থের প্রয়োজন হয়।

বিভিন্ন শিল্পের উন্নতিতে 60,000 কোটিরও বেশী অর্থ মঞ্জুর করা হবে।

আমি নিজের ফ্যাক্টরীর জমির জন্য ব্যাংক থেকে সস্তা আর সহজ কিস্তিতে লোন পেয়েছি। এখানে 24 ঘণ্টা জল আর লাইটের সুবিধা রয়েছে।

আমাদের মুখ্যমন্ত্রী উত্তর প্রদেশের উন্নতি করার জন্য ভালো কাজ করছেন।

চলো... এবার এটা দেখি যে, শিক্ষার ক্ষেত্রে উত্তর প্রদেশে কতটা কাজ হয়েছে?

একাধিক, 1,31,163 জন শিক্ষার্থী এই কর্মসূচির আওতায় স্কুলে ভর্তি হয়েছেন।

আমরা প্রত্যেক ছাত্র আর অধ্যাপকের ডাটা কম্প্যুটারাইজ করছি। স্কুলের ফার্নিচার, লাইট আর জলের জন্য সুবিধার জন্য আমাদের 500 কোটি টাকা এ্যালট করা হয়েছে।

PRINCIPAL

সম্পূর্ণ জেলার ওপরে সিসিটিভি দ্বারা নজর রাখা হবে। পুরো জেলায় 40 অ্যানিমেশন কেন্দ্র, 40 ওয়াচ টাওয়ার,

চাচাজী! আসুন, ভীম সিং-য়ের সঙ্গে আপনার পরিচয় করিয়ে দিই। ও নিজের ক্ষেতে আখের চাষ করে।
নমস্কার, চাচাজী!
তোমার তো খুশী হওয়া উচিত যে, সরকার তোমার বাকী টাকা আখ উৎপাদকদের দেবে।
হ্যাঁ... এটা সত্যি! আগে আমরা এই নিয়ে প্রচণ্ড অস্হির হয়ে ছিলাম।
2017 - 2018 আর্থিক বছরে উত্তর প্রদেশ সরকার 43,554 আখ চাষীদের 27,729.48 কোটি টাকা দিয়েছে। উত্তর প্রদেশ রাজ্য দেশের চিনি উৎপাদন করে।
মুখ্যমন্ত্রী যোগী আদিত্যনাথ 2022 সালের আগে কৃষকদের উপার্জন দ্বিগুণ করে তুলতে চান।
আমি এই শৌচালয় দেখতে পেয়েছি। গোটা উত্তর প্রদেশে স্বচ্ছ ভারত অভিযানের অন্তর্গত 2.5 কোটি পরিবারের জন্য 1.71 কোটি শৌচালয় বানানো হয়েছে।

'উজ্জ্বলা যোজনা'-র অন্তর্গত 97 লক্ষ পরিবার বিনা পয়সায় গ্যাস কানেকশন পেয়ে গেছেন।

আমিও এই সুবিধা পেয়েছি।

7583 গ্রাম বাস দ্বারা শহরের সাথে যুক্ত হয়ে পড়েছে। 14 বাস টার্মিনাসের আধুনিকীকরণ করা হয়েছে। 16 এয়ার-কন্ডিশনড বাস, 50 নতুন বাস রাস্তায় নামানো হয়েছে।

লখনউ-গাজীপুর হাইওয়ের উন্নতিকরণ করা হয়েছে। এটাকে আরও সামনের দিকে গোরখপুর পর্যন্ত বাড়ানো হবে।

বুন্দেলখণ্ড প্রভাগে বুন্দেলখণ্ড এক্সপ্রেস ওয়ে-ও শীঘ্রই বানানোর পরিকল্পনা রয়েছে।

কুম্ভ মেলা 3200 একর ক্ষেত্র জুড়ে আয়োজিত করা হয়েছে। রাস্তা, ব্রীজ, আণ্ডারপাস, বিমান বন্দরের আধুনিকীকরণ করা হয়েছে। এতে তাঁবু, হাসপাতাল, শৌচালয়, ডিসপ্লে বোর্ড সুরক্ষা উচ্চ স্তরীয়।

কুম্ভ মেলার উদ্ঘাটন মুখ্যমন্ত্রী যোগী আদিত্যনাথ

উত্তর প্রদেশে অত্যন্ত বিকাশ-কার্য হয়েছে। এর সমস্ত কৃতিত্ব আপনার কঠোর পরিশ্রমের প্রাপ্য!

এই মেলা হচ্ছে উত্তর প্রদেশের তৃতীয় সব থেকে বড় আয়োজন। প্রধানমন্ত্রী আবাস যোজনার অন্তর্গত 2017 - 18 আর্থিক বছরে মোট 09.10 লক্ষ বাড়ী তৈরীর মঞ্জুরী প্রদান করা হয়েছে।

পিঙ্কী দাদুর ভ্যালেন্টাইন ডে

আজ ভ্যালেন্টাইন ডে! সকল স্বামীরা নিজেদের পত্নীদের জন্য উপহার কিনুন!

হুম! আজ ভ্যালেন্টাইন ডে! কিন্তু পিঙ্কীর দাদু তো আমাকে কখনো উপহার দেয় না।

হে ভগবান! আজ একটাও ফুল ফোটেনি।

শুনছ! আজ ভ্যালেন্টাইন ডে আর আজ সব স্বামীরা নিজেদের পত্নীদের উপহার দেয়।

এটা আবার নতুন এক ঝামেলা!

এসব হচ্ছে গল্প-কাহিনী। বাস্তবে এসব কিছুই হয় না।

ওসব আমি কিছু জানি না। তুমি আমাকে কোন ভালো আর বড় ফুল এনে দাও।

কিন্তু ১২-টা বাজার আগে আমার ফুল চাই... নয়তো বাড়ীতে আজ রান্না হবে না।

হে ভগবান !
১২-টা তো বাজতে চলেছে। এত তাড়াতাড়ি আমি ফুল কোথা থেকে আনব ?

আইডিয়া ! কোন ফুল বিক্রেতার থেকে একটা ফুল ফ্রী-তে চেয়ে নিই। আমিও খুশী আর পিঙ্কীর দিদাও খুশী! হা-হা-হা !

ভাই, ফুল চাই !
নিন। বলুন, কোন্ ফুল দেব ?

ভাই, কোন একটা বড় দেখে ফুল দিয়ে দাও। আমার তো ফ্রী-তে ফুল চাই।
ফ্রী-তে তো ফুলের একটা পাপড়িও পাওয়া যাবে না।

চলুন... কেটে পড়ুন।
আজকাল মানবিকতা বলে কোন জিনিষ নেই।

লাভলী ফ্লাওয়ার
আরে বাহ! আরও একটা ফুলের দোকান। এই দোকানে বসা ছেলেটা বয়সে যুবা... ও আমার মনের কথা বুঝতে পারবে। কিন্তু এবার আমি ফুল কিনেই নিচ্ছ।
ভাই! আমি একটা ফুল কিনতে চাই।
আপনি কত টাকার ফুল কিনতে চান ?
এই নাও 5 টাকা আর একটা ভালো দেখে বড় ফুল দিয়ে দাও।
এসব হচ্ছে বিদেশী ফুল। এগুলোর কোনটার দাম ৫০০ টাকার কম নয়।
এত দামী ফুল! আরে আমাদের যুগে ৫০০ টাকায় তো সোনা কেনা যেত।
তাহলে নিজেদের যুগের সোনা কিনতে যান... এখানে সময় নষ্ট করছেন কেন ?
আশ্চর্য! দুনিয়া কত বদলে গেছে। এখানেও কাজ হল না... এবার কি করি ?

১২-টার আগে পিঙ্কীর দিদাকে বড় কোন ফুল না দিলে আজ আমাকে না খেয়ে থাকতে হবে।

এটা হচ্ছে কঞ্জুস হরিয়ার ফুলের বাগান। আমি চুপচাপ একটা ফুল ছিঁড়ে নিচ্ছি... ও জানতেও পারবে না।

বাহ্! কত বড়-বড় গোলাপ ফুটে রয়েছে আর বাধা দেওয়ারও কেউ নেই। আজ পিঙ্কীর দিদাও এটা মানতে বাধ্য হবে যে, আমিও ওকে সুন্দর গোলাপ ফুল উপহার দিতে পারি।

আরে, হরিয়া.. তুমি?
তুমি গোলাপ ফুল ঠিকই পাবে... তবে তার জন্য তোমাকে কিছুক্ষন আমার বিটুর সাথে খেলা করতে হবে। ও বোড হচ্ছে।

আরে, আমি না জানি এরকম কত বিটুর সাথে খেলা করেছি। কোথায় তোমার বিটু? ডাকো ওকে... আমি ওর সাথে খেলব।

এই হচ্ছে বিট্টু!

এ্যাঁ!!! বিট্টু কুকুরের নাম? বাপ্ রে... পালাও!

দাদু!
পিঙ্কী! আমি এমনিতেই প্রচণ্ড টেনশনে আছি... তুমি আর টেনশন বাড়িও না।

আমি তো সেটাই আপনার থেকে জানতে চাইছি যে, আপনার কিসের এত টেনশন? আমাকে আপনার সমস্যা জানান... হয়তো আমি আপনার সমস্যা সমাধান করতে পারব। আজ কি নিউজ পেপার আসেনি?

তোমার দিদা কাগজ পড়ে এটা জানতে পেরে গেছে যে, আজ ভ্যালেন্টাইন ডে আর ও জেদ ধরেছে যে, আমি যেন ওকে একটা বড় দেখে ফুল উপহার দিই।
ব্যস্... এই ব্যাপার? দিয়ে দিন কোন বড় ফুল!

কি করে দেব ? আজ ফুলের দাম প্রচণ্ড বেশী আর আমি ৫ টাকার বেশী খরচ করতে চাই না।

৫ টাকায় তো এত বড় ফুল পাওয়া যাবে।
সত্যি ! ? তুমি এমনই কোন ফুল আনতে পারলে আমি তোমাকে আইসক্রীম খাওয়াব।

দাদু ! আপনি দিদার কাছে যান। আমি ওনার জন্য বড় ফুল নিয়ে আসছি।
আমি যাচ্ছি।

নিয়ে এসেছ আমার জন্য সুন্দর বড় ফুল ?
ব্যস্, ৫ মিনিটের মধ্যে তোমার হাতে বড় আর সুন্দর ফুল চলে আসিবে।

ওহো... এ ফুলকপি নিয়ে এসেছে।

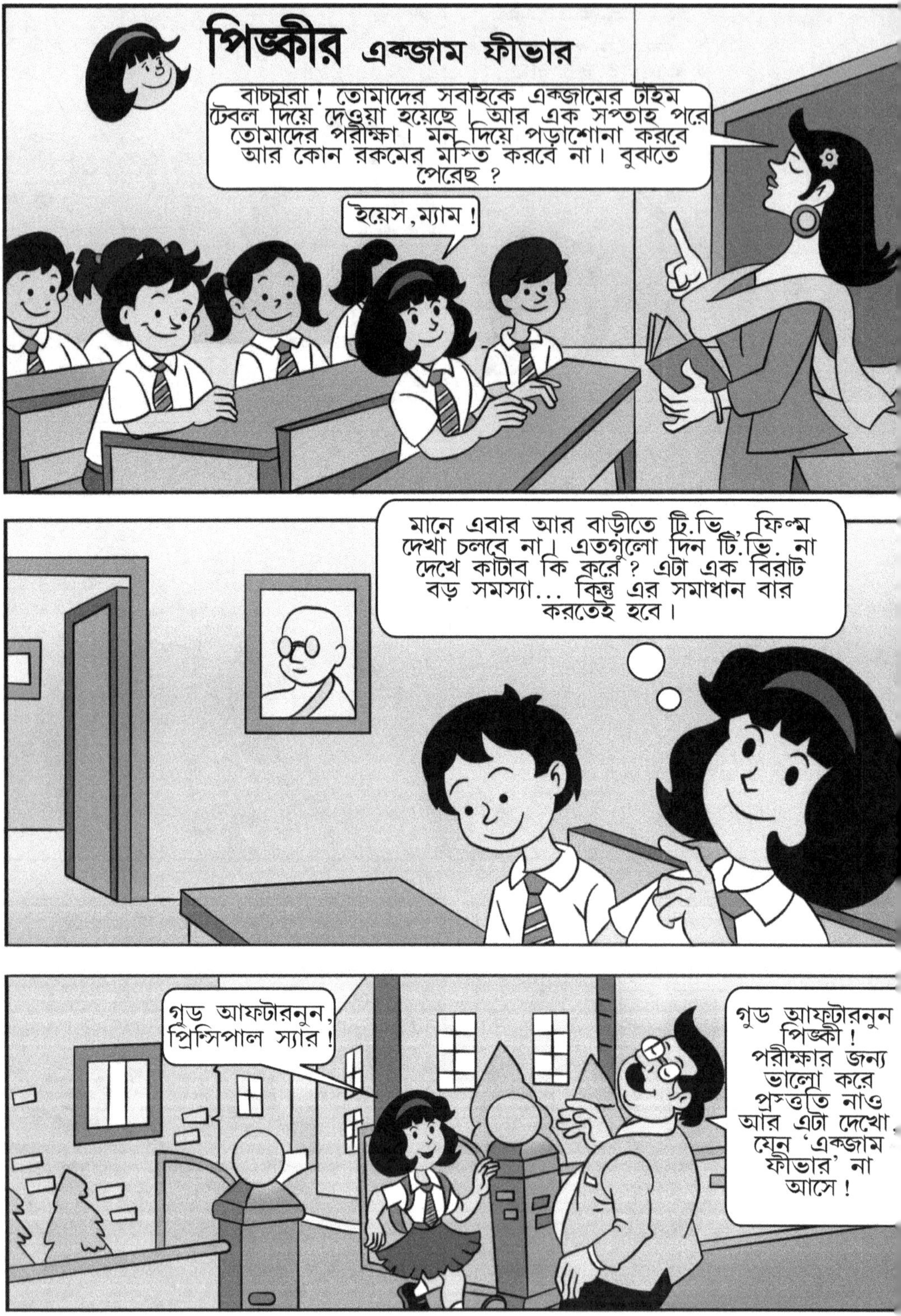

পিঙ্কীর একজাম ফীভার

...টা কি জিনিষ, স্যার ?
বাচ্চারা যখন এক্জামের ব্যাপারে বেশী টেনশন করে... তখন তাদের ফীভার এসে যায়... যেটাকে 'এক্জাম ফীভার' বলা হয়। এর ফলে বাচ্চারা পড়াশোনা করতে পারে না।

মনে হচ্ছে, আমার সমস্যার সমাধান পাওয়া গেছে।

মধু! দেখো, আমি নতুন ফিল্মের সিডি নিয়ে এসেছি। চলো, এটা চালিয়ে দেখা যাক।
এটাকে লুকিয়ে রাখো, কেশব! পিঙ্কী দেখলে ও-ও ফিল্ম দেখার জন্য জেদ করবে। সামনে ওর পরীক্ষা রয়েছে। আমরা এটা রাতে ও ঘুমিয়ে পড়ার পরে দেখব।

ডং-ডং !
মনে হচ্ছে, পিঙ্কী এসে গেছে।
আমি দরজা খুলছি।

আরে পিঙ্কী! তোমার কি হয়েছে ? এখানে বসে পড়লে কেন ?
মা! জ্বর-জ্বর লাগছে... ভেতর থেকে দুর্বলতা লাগছে।

এটা শরীরের ভেতরের জ্বর... 'একজাম ফীভার'! থার্মোমিটার লাগালে বুঝতে পারা যাবে।

নাও, পিঙ্কী! থার্মোমিটার লাগাও। এতে তোমার জ্বর জানতে পারা যাবে।
কিন্তু তার আগে আমি এক গ্লাস গরম দুধ খেতে চাই। খুব বেশী দুর্বলতা লাগছে।

নাও, পিঙ্কী! দুধ খাও আর তারপর থার্মোমিটারে নিজের জ্বর মেপে নিও। আমি রান্নাঘরের কাজ মিটিয়ে আসছি।

এবার এই থার্মোমিটারের পারা এতটাই চড়বে যে, বাবা-মা আমাকে বই-খাতা থেকে দূরে সরে থাকতে বলবেন আর আমি মজা করে টি.ভি.-তে ফিল্ম দেখতে পাব। হা-হা-হা!

পিঙ্কী, দুধ খেয়েছ?
দুধ খেতে ইচ্ছা করছিল না... তবে থার্মোমিটারে জ্বর মেপে নিয়েছি।

হে ভগবান ! থার্মো মিটারের পারা ১০৬ ডিগ্রীতে রয়েছে ।
কেশব ! এখুনি ডাক্তার ডাকো... পিঙ্কীর অবস্থা খুবই সিরীয়াস ।

হ্যালো ! ডক্টর রমেন চৌধুরী আর সৌমেন চৌধুরীর সেক্রেটারী স্যাণ্ডউইচ বলছি । বলুন, আমি আপনার কি সহায়তা করতে পারি ?
পিঙ্কীর অত্যন্ত বেশী জ্বর এসেছে । হাত ছোঁওয়ালে বুঝতে পারা যায় না... কিন্তু থার্মো মিটারে দেখতে পাওয়া যায় । আপনি এখুনি ডাক্তার বাবুকে পাঠান ।
কিছুক্ষনের মধ্যেই ডাক্তার বাবু আপনার বাড়ী পৌঁছে যাবেন ।

দুই ডাক্তার ভাইয়ের ঝগড়ায় আমি সেক্রেটারী থেকে স্যাণ্ডউইচ হয়ে পড়েছি । এটা বুঝতে পারছি না যে, কোন ডাক্তারকে রোগীর বাড়ির ঠিকানা দেব ? !

স্যাণ্ডউইচ ! আমি তোমার অর্দ্ধেক বেতন দিই.. এজন্য রোগীর ঠিকানা তুমি আমাকে দাও ।
স্যাণ্ডউইচ ! তোমার বাকী অর্দ্ধেক বেতন আমি দিই । তাই রোগীর ঠিকানা আমাকে জানাও ।

চলো, দাদা ! আজ আমরা দুজনে মিলে রোগীকে সুস্হ করে তুলব আর গোটা দুনিয়াকে এটা জানাব যে, আমরাও ডাক্তার হিসেবে যোগ্য !
আমার মনে হয় যে, রোগী দেখতে আপনাদের দুজনেরই যাওয়া উচিত... কারণ রোগটা বড়ই অদ্ভুত ! পিঙ্কীর গা-হাত-পা ঠান্ডা... কিন্তু থার্মো মিটারে জ্বর দেখতে পাওয়া যাচ্ছে ।

জ্বর হওয়ার কারণে পিঙ্কী পড়াশোনায় মন দিতে পারছে না।
ওকে টি.ভি. দেখতে দাও... ওর মন ভালো হয়ে উঠবে।

বাহ! এক্জাম ফীভার তো দারুণ কাজ করেছে। এবার আমার এই ফীভার সহজে ছাড়বে না। হা-হা-হা!
ডিং-ডং!
আরে ডাক্তার বাবু! আপনারা দুজনে?! আর এত সব বই কিসের জন্য?
ডোর বেল বাজছে।
মনে হচ্ছে ডাক্তার বাবু এসে গেছেন।
স্যান্ডুইচ আমাদের সব জানিয়েছে। এটা বড়ই প্যাঁচালো জ্বর! তাই আমাদের এই সব বই পড়ে রোগের চিকিৎসা করতে হবে।
দাদা! আমার মনে হচ্ছে – পিঙ্কীর জ্বর, এক্জাম ফীভার আর ম্যালেরিয়ার মিক্সড প্যাকেজ!
সৌমেন! আমি তোমার সাথে এক মত নই। আমার তো পিঙ্কীর জ্বর, এক্জাম ফীভার আর ভায়রালের মিক্সড প্যাকেজ বলে মনে হচ্ছে!

মি আমার কথাকে ভুল বলছ ? আরে, আমি রোগী দেখে-দেখে দাড়ি-গোঁফ পাকিয়ে ফেলেছি।
আর রোগী দেখে-দেখেই আমার মাথায় টাক পড়ে গেছে।

আরে, আপনারা দুজনে লড়াই করা থামান।
ডিং-ডং !

আরে বাবা, আপনি! আসুন-আসুন। পিঙ্কীর বড়ই অদ্ভুত জ্বর এসেছে। শরীর ছুঁলে জ্বর বুঝতে পারা যায় না... কিন্তু থার্মোমিটারে জ্বর ধরা পড়ে। আপনি কি ওকে সুস্থ করে তুলতে পারবেন ?
নিশ্চয়ই পারব।
পিঙ্কী হয়তো গরম দুধে থার্মোমিটার ডুবিয়েছিল... আমি তাতেই বরফ ঢেলে দিচ্ছ।

পিঙ্কী ! তুমি আবার এক বার থার্মোমিটার দিয়ে জ্বর মেপে বলো।
এখন জ্বর ছেড়ে গেছে।
পিঙ্কী ! চলো, বই নিয়ে পড়তে বসো।

পিঙ্কী
আর দাদুর পাঞ্জাবী
পিঙ্কী !
এবার চুপ
করে বসো...
তুমি গোটা
বাড়ী
মাথায় তুলে
নিয়েছ।

ওহো... মনে
হচ্ছে, কেউ
এসেছে।
পুরো বাড়ী
এলোমেলো হয়ে
রয়েছে।
ডিং-ডং !

মিসেস টীনা !
আপনি কত দিন
পরে এলেন...
মনে হচ্ছে,
আমার বাড়ীর
রাস্তা আপনি
ভুলেই গেছেন।
মধু ! আমি নয়...
তুমি ভুলে গেছ।
তোমার মনে নেই,
কাল আমরা ফোনে
আজ এই সময় শপিং
যাওয়ার প্রোগ্রাম
বানিয়েছিলাম।

আরে, হ্যাঁ! যবে থেকে পিঙ্কীর স্কুলের ছুটি শুরু হয়েছে... তবে থেকে ও গোটা বাড়ী মাথায় উঠিয়ে রেখেছে। সেজন্যই আমি ভুলে গিয়েছিলাম।
মধু! তুমি পিঙ্কীকে সেলাই ক্লাসে পাঠাচ্ছ না কেন ?

আমার মেয়েও আগে বাড়ীতে প্রচণ্ড হট্টগোল করত। যবে থেকে আমি ওকে সেলাই ক্লাসে পাঠিয়েছি... তবে থেকে ও চুপচাপ বসে-বসে কাপড় সেলাই করতে থাকে।

এটা তো খুবই ভালো পরামর্শ! এই সুযোগে পিঙ্কী সেলাই করতেও শিখে যাবে।

পিঙ্কী! ব্যস্, অনেক হয়েছে। এবার ফটাফট সেলাই ক্লাসে চলো।

আমি পিঙ্কীকে এখানে এ্যাডমিশন করাতে চাই। ওকে ভালো করে সেলাই করা শিখিয়ে দিন।
আপনি নিশ্চিন্ত থাকুন। ও ঘোড়া ছোটানোর মত সেলাই মেশিন চালাবে।

পিঙ্কী ! কাপড়ের দুটো টুকরো নাও আর সেগুলোকে পাশাপাশি রেখে মেশিন চালিয়ে দাও। কাপড় জুড়ে যাবে।

আজকের মত এতটাই যথেষ্ট। কাল আরও অনেক নতুন জিনিষ শেখাব। ততক্ষন বাড়ীতে প্র্যাক্টিশ করো।

বাহ্! মাস্টার জী খুব সুন্দর সেলাই শিখিয়েছেন। বাড়ী গিয়ে কাপড়ের দুটো আলাদা-আলাদা টুকরো জুড়ে দিলে মা খুশী হয়ে উঠবে।

মনে হচ্ছে, মা বাইরে কোথাও গেছে। মা ফেরার আগে আমাকে কাপড় জুড়তে হবে আর মা-কে অবাক করে দিতে হবে।

সেলাই করার জন্য আলাদা-আলাদা কাপড়ের টুকরো কোথায় পাব ?

এই বেড শীট্টাকে প্রথমে কাঁচি দিয়ে দু টুকরো করে নিচ্ছ... তারপর সেলাই করে দেব। মা খুশী হয়ে উঠবে।
চর্ র র ! চর্ র র !

এবার দুটো টুকরোকে সেলাই করে জুড়ে দিই।

দেখো, মা। আমি প্রথম দিনেই কাপড় সেলাই করা শিখে গেছি। বাড়ীতে কাপড়ের আলাদা-আলাদা দুটো টুকরো না পাওয়ায় আমি প্রথমে বেড শীট্ দু টুকরোয় কেটেছি, তারপর সেলাই করেছি।
পিঙ্কী! আমি আমার নতুন বেড শীটের সব নাশ করে দিয়েছ।

দূর হয়ে যাও আমার চোখের সামনে থেকে আর নিজের সেলাই মেশিনও নিয়ে যাও।

মনে হচ্ছে, সেলাই করতে কিছু ভুল হয়ে গেছিল। তাই মা রেগে উঠেছে। পরের বার আরও মন দিয়ে সেলাই করব।

ওহো ! দর্জি এত ভালো পাঞ্জাবীটার একটা হাতা সেলাই করেনি।

দাদু !
আমি আজ রাতে পার্টিতে পরে যাওয়ার জন্য এই সুন্দর পাঞ্জাবীটা তৈরী করিয়েছিলাম। কিন্তু দর্জি এর একটা হাতা সেলাই করেনি.. যেটা সেলাই করাতে আমাকে ফ কিমি. দূরে যেতে হবে।

পিঙ্কী ! আমি এমনিতেই টেনশনে আছি.. তুমি আর টেনশন বাড়িও না।
আমি আপনার কোন কাজেও তো আসতে পারি।

ব্যস্, এইটুকু ব্যাপার ! ? আমি এখুনি আপনার পাঞ্জাবীর হাতা সেলাই করে দিচ্ছি।

সত্যি পিঙ্কী ! ? তুমি আমার পাঞ্জাবীর হাতা সেলাই করে দাও ... আমি তোমার জন্য ঠান্ডা শরবত বানিয়ে নিয়ে আসছি।

সেলাই মাস্টার প্রথমে সোজা সেলাই করতে, তারপর ডান দিকে সেলাই করতে, তারপর বাঁ দিকে সেলাই করতে বলেছিলেন। ব্যস, তাহলেই সেলাই তৈরী !

দাদু ! আপনার পাঞ্জাবীর হাতা সেলাই হয়ে গেছে।
আর তোমার শরবতও তৈরী হয়ে গেছে।

শরবত সত্যিই সুস্বাদু !
এবার আমি পাঞ্জাবী পরে দেখছি।

আরে, আমি তো এতে ফেঁসে গেছি। আমাকে এর থেকে বাইরে বার করো।

পিঙ্কী
আর ক্ষুধার্ত কুটকুট
কুটকুট, থামো ! বৃথা এদিক-ওদিক ছুটো না। তুমি ছুটলে বাড়ীর জিনিষপত্র ভেঙে যাবে।

আরে, আমার মোজার এই অবস্থা হল কি করে ? এ নিশ্চয়ই এই কাঠবেড়ালীর কীর্তি !
এ আমার বেনারসী শাড়ীও কেটে দিয়েছে।

মা ! কুটকুটের ক্ষিধে পেয়েছে। একে কিছু খেতে দাও।
চুপ করো, পিঙ্কী। তোমার এই আদরের কাঠবেড়ালী আমাদের অনেক বড় ক্ষতি করে দিয়েছে। একে এখুনি বাড়ী থেকে দূর করে দাও।

চলো, কুটকুট! আমরা বাইরে তোমার খাবারের খোঁজ করি।

এই নতুন ফ্রেমের চশমা পরে আমাকে কেমন দেখাচ্ছে ?
দারুণ দেখাচ্ছে তুমি খুবই ্যাণ্ডসাম লাগছ।

তুমি ঠাট্টা করছ ?
না-না, সত্যি বলছি। আচ্ছা, এবার এই নতুন ফ্রেমের চশমা কিছুক্ষন খুলে রাখো... নয়তো মাথার যন্ত্রণা শুরু হয়ে পড়বে।

নাও, আমি চশমা খুলে চেয়ারের ওপরে রেখে দিয়েছি।

দাদু ! আপনি কি আমার কুটকুটের সহায়তা করবেন ?
পিঙ্কী ! কুটকুটের কি হয়েছে ?
ও আজ সকাল থেকে ক্ষুধার্ত হয়ে রয়েছে। ওকে কিছু খেতে দিন।

আমার কাছে কিছু নোন্তা খাবার আছে। এটা আমি কুটকুটকে দিতে পারি। কিন্তু ও কোথায় ?

এ্যাঁ ! ! ! ও আমার এত দামী ফ্রেম চিবিয়ে নিয়েছে... এই চশমা লাগালে আমাকে হ্যাণ্ডসাম দেখাত। এই কাঠবেড়ালীকে এখুনি বাড়ী থেকে দূর করে দাও।

দাদু ! কুটকুটের জন্য কিছুটা নোন্তা খাবার তো দিন।
যে কাঠবেড়ালী আমার ক্ষতি করবে, তাকে আমি খাবার খাওয়াব ? ওকে আমার চোখের সামনে থেকে দূর করো।

কুটকুট ! তুমি দাদুর চশমার ফ্রেম না চিবোলে আজ তুমি সুস্বাদু নোন্তা খাবার খেতে পেতে।

এই নাও, রসগোল্লা খাও। এগুলো আমি তোমার জন্য বানিয়েছি।
বাহ্, গিন্নী ! মজা এসে যাবে... আজ আমি প্রাণ ভরে রসগোল্লা খাব।

বাপ্ রে !
কি হয়েছে ?

পিঙ্কী আর ওর কাঠবেড়ালী কুটকুট এদিকেই আসছে।
তাতে কি হয়েছে ?

আমি এই রসগোল্লা লুকিয়ে ফেলছি। কুটকুট দেখে ফেললে ও সব রসগোল্লা খেয়ে নেবে। কে জানে, এইটুকু কাঠবেড়ালী এত সব খায় কি করে ?

ঝপট কাকু !
পিঙ্কী ! আজ আমাদের দুজনের উপবাস। বাড়ীতে খাওয়ার মত কিছুই নেই। এবার তুমি যাও।

আপনি আমার থেকে কিছু একটা লুকোচ্ছেন।
না তো !

আপনি খাওয়ার কোন জিনিষ লুকোচ্ছেন।
হে ভগবান! এ কি করে জানতে পেরে গেল ? এ হয়তো আন্দাজে ঢিল ছুঁড়ছে। একে জ্ঞানের কিছু কথা শুনিয়ে 'বোর' করে তুলি। 'বোর' হয়ে এ নিজের থেকেই চলে যাবে।
জিনিষ লুকোন তো ওপরওয়ালার হাতে। আমি কিছুই লুকোই না।

তাহলে আপনি ওপরের প্রতিবেশী কাকুর সাথে লুকোচুরি খেলছেন আর এবার ওনার লুকোনোর পালা !
ওফ্‌হো ! তুমি কিছুই বোঝ না। আমি ভগবানের কথা বলছিলাম... এবার তুমি যাও।

আচ্ছা, যাচ্ছি। কিন্তু আপনি এবার সেটা খেতে পারবেন না, যেটা আপনি লুকোচ্ছিলেন। সেটা বেড়ালে খেয়ে গেছে।

ওহো ! বেড়াল আমার সব রসগোল্লা খেয়ে গেছে।
মিঁয়াউ !

চুপচাপ এই ব্যাগটা আমাকে দিয়ে দাও আর কেটে পড়ো!

তখনই...!
লাফ ফ!
এবার এটা নাও!
কিন্তু কাকু! কুটকুটের সোনার নয় আসল বিস্কুট চাই। এর খুবই খিদে পেয়েছে।
কাছেই আমার বিস্কুটের ফ্যাক্টরী রয়েছে। ওখানে কুটকুট প্রাণ ভরে বিস্কুট খেতে পারবে।

ধন্যবাদ, পিঙ্কী! তোমার কুটকুট আমার প্রাণ বাঁচিয়েছে আর সোনার বিস্কুট ভরা ব্যাগও লুট হয়ে যাওয়া থেকে বাঁচিয়েছে।
আমি একে একটা সোনার বিস্কুট উপহার দিচ্ছ।

চল, কুটকুট! তোর খিদে মেটানোর ভালো ব্যবস্হা হয়ে গেছে।

পিঙ্কী চোর-পুলিশ

পিঙ্কী ! তোমার কমপ্যুটারে কি গেমস্‌ আছে ?
আছে, শিরী ! কিন্তু আমার কমপ্যুটার খারাপ !

লুডো ? দোলনা ? স্কিপিং বা অন্য কোন গেম খেলবে ?
এসবে আমার কোন আগ্রহ নেই।

চোর-পুলিশ ?
হ্যাঁ, এটা ভালো হবে। আমি চোর হতে খুবই ভালবাসি।

আমাকে চোর হতে দাও!
না, শিরী! তোমাকে পুলিশই হতে হবে।

ঠিক আছে।
আমি লুকোচ্ছি... তুমি আমাকে খুঁজবে।

ধন্নো মাসী! খেলায় আমি চোর হয়েছি। আমি কি আপনার বাড়ীতে লুকোতে পারি?

এটা ভদ্রলোকের বাড়ী। আমি চোর-ছ্যাঁচোড়দের বাড়ীতে ঢুকতে দিই না।

আমি কারও বাড়ীতে না লুকিয়ে বরং পার্কে গিয়ে লুকোই।
© PRAN'S FEATURES

43

এই ঘন ঝোপটা লুকোনোর পক্ষে উপযুক্ত।

তুমি ? ?
আমি চোর। পুলিশের ভ[য়ে] এখানে লুকিয়ে রয়েছি।

তুমিও কি আমার মত চোর-পুলিশ খেলছ ?
আমি আসল চোর... বুঝতে পেরেছ ?

তুমিও পুলিশের ভয়ে লুকিয়ে রয়েছ আর আমিও। তাহলে তো আমরা দুজনে ভাই-বোন হলাম, তাই না ?

ওহো ! আমার মাথা খারাপ কোর না আর এখান থেকে কেটে পড়ো

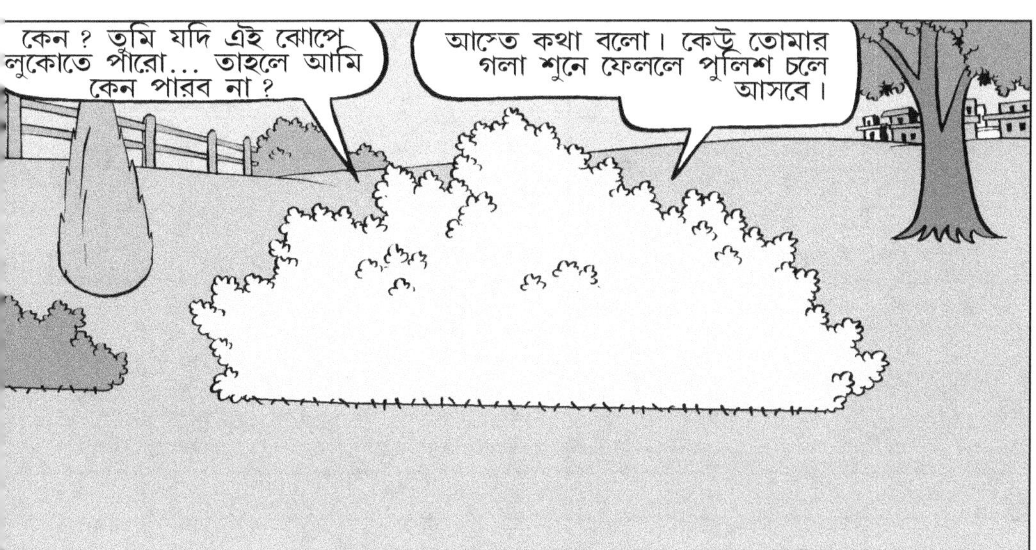

কেন ? তুমি যদি এই ঝোপে লুকোতে পারো... তাহলে আমি কেন পারব না ?
আস্তে কথা বলো। কেউ তোমার গলা শুনে ফেললে পুলিশ চলে আসবে।

তোমার যতটা ধরা পড়ার ভয় রয়েছে... ততটা ভয় আমারও রয়েছে।

উফ্... এ কী আপদ এসে জুটল ?

আস্তে কথা বলো।
তুমি আস্তে কথা বলো।
তুমি !
তুমি !!
© PRAN'S FEATURES

চুপ !! আর একটা শব্দ বার করলে আমি তোমাকে শেষ করে দেব।

এ ঝোপটার পাতা নড়ছে। পিঙ্কী নিশ্চয়ই ওটার পেছনে লুকিয়ে আছে।

ওকে ছেড়ে দাও। পিঙ্কীকে আমি ধরতে এসেছি।
খবরদার এক পা-ও এগোবে না।

তুমি জানো, আমি পুলিশ!

চলো!

আমি অনেক দিন ধরে এই চোরটাকে খুঁজছিলাম।
শিরী! তুমি কি পিস্তল চালাতে জানো?
কোন পিস্তল!? এটা তো খেলনা পিস্তল!

FIND 10 DIFFERENCES

Find the differences in two Pictures and send us back to win a surprise prize - write down the following details in block letter: Complete Name, Telephone Number with STD code (Mobile Number), Age, Place of Birth, Date of Birth, Gender, Email ID and Complete Postal Address with Pin code.

Discover Talent @ Diamond Toons

X-30, Okhla Industrial Area, Phase-II, New Delhi-110020
Ph.: 011-40712100, 40712200, E-mail: sales@dpb.in

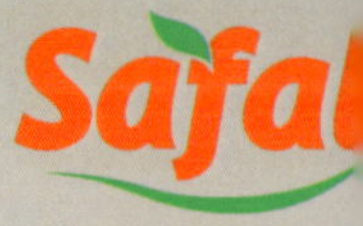

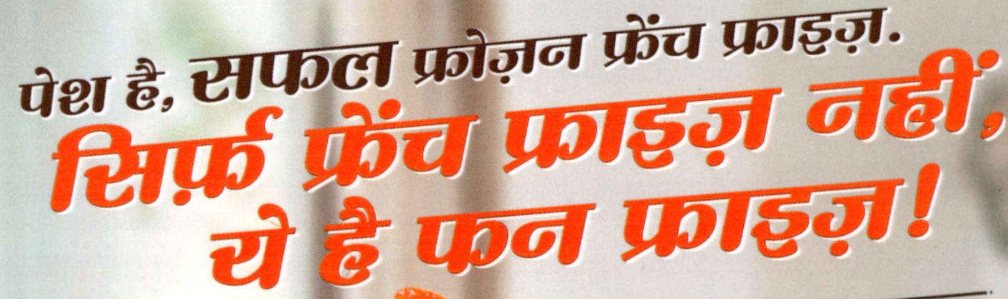

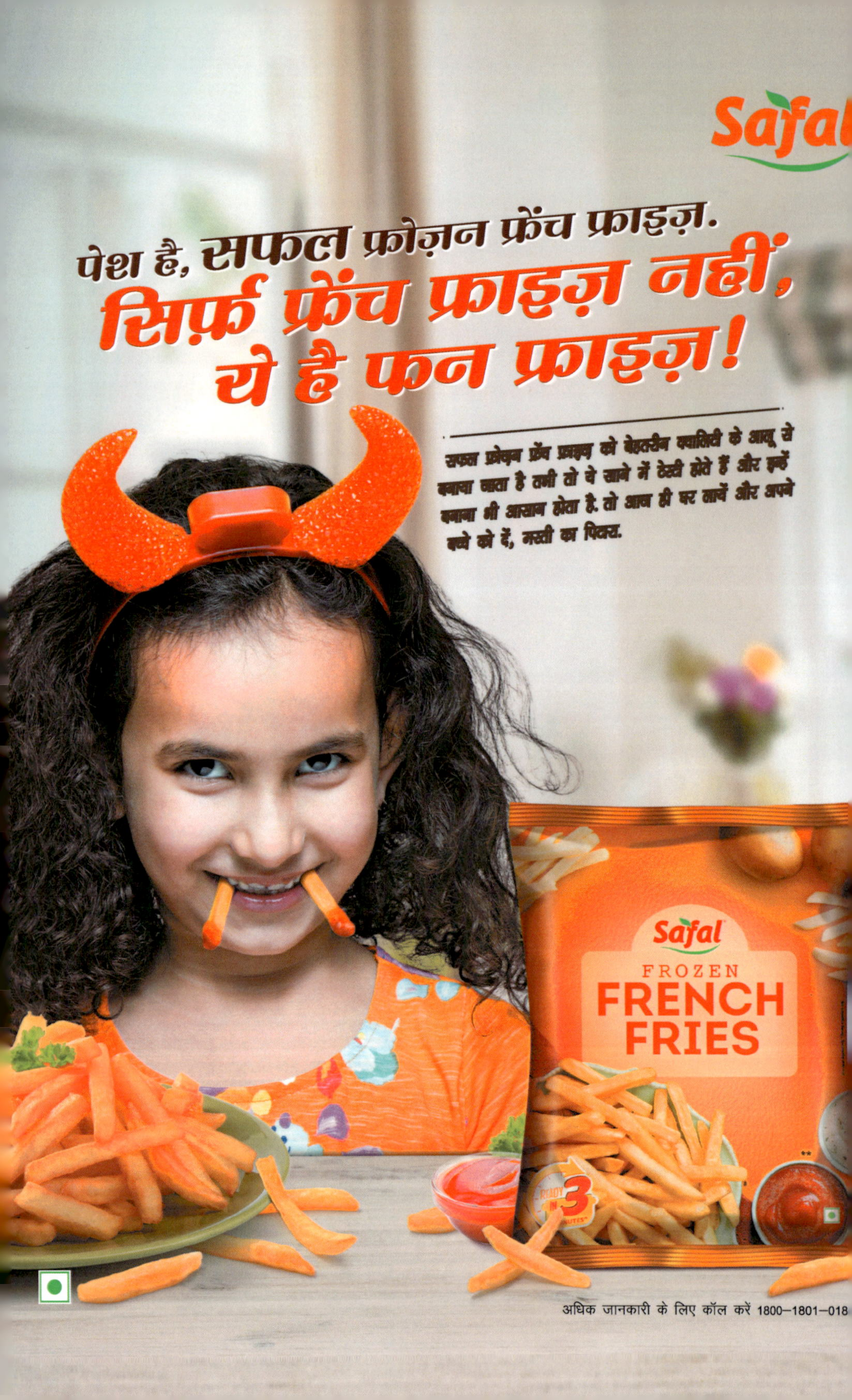
Safal
पेश है, सफल फ्रोज़न फ्रेंच फ्राइज़.
सिर्फ़ फ्रेंच फ्राइज़ नहीं,
ये है फन फ्राइज़!
सफल फ्रोज़न फ्रेंच फ्राइज़ को बेहतरीन क्वालिटी के आलू से बनाया जाता है तभी तो ये खाने में टेस्टी होते हैं और इन्हें बनाना भी आसान होता है. तो आज ही घर लाएं और अपने बच्चे को दें, मस्ती का पिटारा.
Safal
FROZEN
FRENCH
FRIES
अधिक जानकारी के लिए कॉल करें 1800–1801–018

Alfred de Vigny

Hauptmann
Renauds
Leben und Tod

(Historischer Roman)